글벗시선 203 고정숙 시조집

지나고 보니
삶이어라

고정숙 지음

시집을 출간하며

젊었을 때는 잦은 이사로 적응하며 살기 바빴고 자식들 교육에 신경 쓰다 보니 자신을 돌볼 시간이 없었답니다.

오랜 외국 생활을 끝내고 한국에 돌아오니 어느새 이방인이 되어 있었고 친구들과도 허심탄회하게 나눌 수 있는 대화는 예전 공유한 추억 밖에 없게 되었답니다. 말을 아끼고 입을 닫고 살다보니 진한 외로움에 자신도 모르게 마음을 글로 담게 되었고 여고 시절부터 쓰고 싶었던 시를. 습작하다 시집을 내었고 많은 경험과 체득하면서 좀. 더 정제되고 함축된 의미를 표현하고 싶어 시조를 쓰기 시작했답니다.

자신의 마음을 그릴 수 있고 표현할 수 있는 시조를 쓸수 있어 행복한. 마음으로 시집을 내었습니다.

2023년 10월

차 례

제2부 빛이 된 그리움

제3부 임이 오시는 길

제4부 마음의 동굴

제5부 사랑이 오네요

■ 서평

제1부

자목련 사랑

직박구리 망중한

다리 밑 개천에서
깃털을 적시다가

뽀로로 돌 위 서서
한 모금 물을 먹고

귀엽게
노래 부르는
직박구리 망중한

짝 찾는 오리들의
꽥꽥꽥 구애소리

놀란 듯 움찔대다
가볍게 날아가고

그림자
도로 거두면
파문만이 남는다

창포

흐르는 시냇물에
뿌리를 깊게 내려

스스로 때가 되면
창포꽃 미소 짓고

물 위에
고단한 몸을
얹으면서 피었다

모란이 필 때

농염한 모습으로
벌 나비 유혹하나

아직은 오지 않아
조바심 내는 듯이

고요히
꽃망울 속에
가둬둔 꽃 피운다

비와 커피

대지를 적셔 주는
빗방울 떨어지니

축축한 마음 밭에
소중한 추억 잠겨

따뜻한
커피에 녹은
그리움도 마신다

안개 낀 새벽

새벽에 눈을 뜨니
구름이 땅끝까지

가만히 내려와서
세상을 에워싸고

안개가
낮게 깔려서
몸도 맘도 무겁다

바람에 걷혀가는
안개는 이슬 되어

초목에 머물다가
살짝꿍 사라지고

벚꽃은
꽃망울 툭툭
윙크하며 잎 연다

산사의 물소리

비가 온
계곡에는
물들이 가득 차고

콸콸콸
물소리는
심장을 뛰게 하며

세차게
내려오다가
숨 고르며 고인다

거품이
떨어지니
욕심도 떠나가고

산사는
물소리로
가득 차 소란하나

꽃피는
마음의 정원
잡초마저 예쁘다

항아리

흙 빚어 모양 잡아
긴 시간 구워내니

여인네 정성 다해
장맛을 유지해 온

항아리
대물림하여
장독대를 지킨다

검은 장 거울 되니
하늘이 들어있고

고요히 메주 안고
숙성을 기다리며

항아리
숨을 쉬면서
우리 맛을 지킨다

숨바꼭질

잊혀진 추억들을
술래는 숨이 차게

헤집고 다니다가
시간은 흘러가고

어느새
밤이 깊어져
찾을 수가 없구나

달님이 환히 웃고
다정히 반겨주니

두려움 사라져서
어두움 벗기 우고

스스로
등불이 되어
숨바꼭질 끝낸다

자목련 사랑

자주색 꽃잎 안에
순백의 마음 담고

화려한 의상 안에
속치마 받쳐 입듯

은밀한
사랑 감추고
고혹 미소 흘린다

눈길을 잡아끄는
자목련 슬픈 표정

애타게 고대하는
외로운 아픈 사랑

피멍 든
꽃잎 꽃잎에
서러움이 어린다

한낮 까치

벚꽃이 휘날리는
한낮의 천변에는

목마른 어린 까치
주변을 살피다가

물 위에
떠다닌 벚꽃
헤아리며 서 있다

엄마는 어디 가고
새끼만 남아 있나

종종종 걷다가는
온몸에 꽃비 맞고

봄날의
수채화 되어
물 한 모금 마신다

물방울꽃(1)

물방울 품고 있는
봄꽃에 아롱다롱

어울진 그 임 모습
서글픈 미소 짓네

보고파
애절한 심사
젖어가는 그리움

소풍

마음에
불어오는
온화한 훈풍이여

코로나 오랫동안
세상에 머물러서

얼굴에
마스크 껴도
봄이 오니 참 좋다

콧노래
흥얼흥얼
발걸음 사뿐사뿐

따사론 햇빛 받고
기분도 밝아지니

신나게
걸어가는 길
소풍처럼 즐겁네

봄나들이

햇살이
온 누리에
고운임 숨결처럼

물오른
나뭇가지
이파리 스쳐 가니

연두색
미세한 떨림
반기듯이 보인다

파아란
도화지에
구름은 꽃 그리고

서둘러
앞다퉈서
꽃망울 터뜨리는

화사한
봄꽃의 향연
향기 좇아 나선다

풀꽃

풀들이
날 보라고
흰 꽃을 매달아서

귀엽게
윙크하니
저절로 발을 멈춰

지긋이
눈을 맞추니
풀꽃들이 춤춘다

빗소리

하늘이 까맣더니
후드득 떨어지는

빗방울 소리 되어
귓가에 맴돌다가

불현듯
떠오르는 임
보고 싶어 그립다

빗소리 흐느끼니
두 눈에 글썽이는

눈물이 주르르륵
볼 타고 흘러내려

거세진
마음의 비는
멈출 수가 없구나

샛바람

샛바람
불어오니
가지에 잎이 나고

잡초도
푸릇푸릇
신나서 춤을 추네

바람난
꽃망울마다
터뜨려서 잎 연다

까치는
둥지 지어
암수가 짝을 짓고

산수유
고운 꽃은
봄 정원 장식하니

동풍은
지나가다가
노란빛에 홀리다

등나무꽃

연보라 등나무꽃
사랑이 주렁주렁

넝쿨이 올라가서
가지에 꽃 매달고

은근한
유혹 몸짓을
까닥까닥 해댄다

해마다 그곳에서
피었다 졌지마는

한 번도 보지 못해
무심코 바라보다

바람에
흔들리는 꽃
눈동자에 꽂힌다

백로

석양에 외로이 서서
노을빛 물들어가는

흰 몸집 애처롭게
어른거린 그림자

하루를 마감하면서
날아오른 백로야

오리들 무리 속에서
기죽지 않고 당당히

물고기 잡아먹고
기품있게 걷다가

갈대에 가끔 기대어
고단함을 달랜다

금계국

금가루 묻혀온 듯
천변에 피어있는

금계국 꽃잎 따다
갑자기 벌침 맞다

꿀 빨며
꿈을 꾸던 벌
꽃 꺾으니 화났나

햇살에 반짝이는
금물결 넘실거려

나비는 팔랑팔랑
파도를 올라타니

여름은
한발 다가와
향기 물씬 풍긴다

들꽃 속 잡초

들꽃은 앙증맞아
군락이 이뤄지면

예쁘게 어우러져
꽃구경하러 오죠

꺾으면
금방 시들어
눈으로만 보지요

들꽃과 경계 없이
자라난 잡초들은

다정히 공생하여
더불어 살아가니

들꽃과
하나 된 잡초
자연스레 꽃 피죠

제2부
빛이 된 그리움

봄의 다람쥐

봄 햇살
긴 잠자던
생물들 눈을 뜨고

계곡에
얼음들도
풀려서 흘러가니

구름이
내려와서
고요히 잠겼다

산에서
내려오다
일순간 멈춰서서

화들짝
놀랬다가
귀엽게 표정 짓고

황급히
봄을 껴안고
사라지는 다람쥐

지칭개꽃

꽃 이름 알기 전까지
지칭개인지 몰랐다

수없이 피고 져도
잡초같이 보인다

보라 꽃 시들고 나면
포자 되어 떠돈다

꽃잎은 따다 덖어서
그늘에 말려 두었다가

꽃차로 해독 해열
필요할 때 마신다

자연과 하나가 되는
삶의 지혜 배운다

신발

볼 좁고 굽 뾰족한
오래된 나의 신발

신어온 습관들로
세월 혹 생겨나니

구두를
포기하고서
운동화를 신는다

신발장 구석구석
수많은 예쁜 구두

애물로 전락하고
먼지는 쌓여가니

붙잡은
미련과 집착
떨구고서 버렸다

쑥 뜯는 여심

지천에 돋아나는
쑥 캐러 나왔더니

아낙네 옹기종기
앉아서 쑥을 캐며

딸려온
풀과 낙엽을
골라내며 봄맞이

겨울을 이겨내고
또다시 그 자리서

자연을 벗 삼아서
굳건히 자라나는

쑥 쪄서
개떡 만들어
맛난 봄을 먹는다

빛이 된 그리움

긴 시간 길들어진
습관 된 생활들이

코로나 습격으로
하나둘 깨어지고

오롯이
혼자 견디는
그리움이 빛 된다

뻐꾸기 슬피 우니
괜스레 울컥하고

여름이 되어가도
마스크 벗지 못해

고독한
마음의 행로
추억 길을 헤맨다

해당화

그리운 임 생각에
고운 꿈 매일 꿔서

뾰족한 꽃봉오리
살며시 펼쳐 봐도

언제나
오시려는지
멍이 드는 해당화

애끓는 하루하루
가시는 생겨나고

혹여나 오실까 봐
향기를 내뿜어도

야속한
벌 나비들만
드나들기 바쁘다

회상

모두가 잠든 밤에
조용히 홀로 앉아

이 생각 저 생각 속
시간을 여행하니

갑자기
떠오른 기억
오랫동안 잊었다

정적이 길어지니
생각은 꼬리 물고

살아낸 시절들이
한사람 역사 된다

삶이란
꿈꾸다가 깬
실체 없는 꿈인가

물방울꽃 2

꽃잎에 맺혀있는
영롱한 물방울꽃

떠나는 봄 못 잊어
애절한 감정 담아

서럽게
눈물 흘리다
향기마저 젖었다

바람꽃

꽁꽁 언
땅을 뚫고
꿋꿋이 살아남아

보고픈
임 생각에
바람에 나부끼며

그리워
애태우다가
멍든 영혼 꽃 피다

사랑이
타오르니
언 땅도 질퍽하고

얼굴을
할퀴고 간
강풍도 견뎌내고

한번은
만나지려나
기도하며 꽃 핀다

수선화

낮아서 구부려서
눈 맞춤 하였더니

봄바람 속삭임에
수선화 미소 짓고

온몸을
흔들어대며
살랑살랑 춤춘다

속살을 드러내고
머리를 흔들면서

고요히 품고 있던
봄 향기 뿌려대니

오가는
길손 발길을
멈춰 서게 만든다

선인장

한 뿌리
세 선인장
처음엔 똑같더니

한 개가
용쓰더니
토라져 벌어져서

똑같이
햇볕 사랑을
받으려고 애쓴다

한마디
더 커버린
선인장 시샘하다

단합한
두 선인장
속삭임 들려오니

외로운
키 큰 선인장
쓸쓸하게 서 있다

언덕길

산 중틱 걸쳐있는
언덕길 오를 때면

다리도 아파 오고
숨도 차 걸음 멈춰

하늘을 바라다보니
흘러가는 추억들

지나간 사연들은
살아낸 과거였고

빛바랜 옛 사진만
흔적을 보여주니

기억을 더듬어보며
땀 훔치며 서 있다

이슬

도르르
굴러갈 듯
영롱한 이슬 안에

추억이 하나 가득
고요히 들어 있어

흘러간
세월 자국이
눈물처럼 맺혔다

그리운 임의 모습
가만히 피어올라

입가에 미소 짓고
다가가 바라보니

순간에
스러져가는
무상함에 아쉽다

풀잎 사랑

나뭇잎 푸르르니
풀잎도 새파랗다

오월의 싱그러움
나날이 무르익고

꽃 달린
이름 모를 풀
방긋방긋 웃는다

누리에 푸르름이
바람에 일렁이니

풀잎들 춤을 추고
사랑이 움트나니

마스크
감춰진 미소
눈웃음이 번지네

봄으로 오신 임

잔잔한
호수 면에
은빛이 찰랑대니

물안개
피어올라
가만히 오시는 임

따뜻한
내 임의 숨결
스치는 구석구석

서둘러
피어나는
봄꽃이 유혹하니

벌 나비
날아와서
꽃가루 포식하네

구름도
꽃을 만들다
살그머니 떠나네

진달래

분홍색
꽃잎 열고
곱게 핀 진달래

잎 없이
가녀린 꽃
바람에 휘날리며

야산에
아련한 추억
움켜쥐고 피었다

봄 오면
꽃잎 따서
화전을 만들어서

맛있게
한입 물어
입안에 넣다보면

홀린 듯
봄을 씹으며
하나 되는 진달래

앵두

흰 꽃잎 활짝 열어
고개를 내밀다가

꽃잎은 떨어지고
열매를 매달고서

풋사랑
설익은 듯이
수줍어서 숨었다

햇볕과 바람맞고
빨갛게 익어가서

루비 빛 앵두 되어
모습을 드러내니

가지가 흐드러지게
주렁주렁 달렸네

구름

흰 구름
두리둥실
어디로 흘러가나

모였다
흩어지고
다시 또 만나지면

창공에
잠시 머물러
슬픈 영혼 달랜다

노을

인생의 오후 시간
노을을 바라보니

취한 듯 몽롱해져
가슴이 아파오고

아쉬운
지난 시절이
머릿속을 스친다

또르르
떨어지는
추억의 편린들이

마음은
소녀 같아
얼굴을 적셔 가니

짧아서
더 아름다운
노을빛에 취한다

계곡의 물

눈 녹아
물이 되니
졸졸졸 흘러가고

바위를
타고 가다
힘차게 떨어지다

세차게
내리꽂혀서
물살 파편 튕긴다

의좋게
다시 만나
제자리 맴돌다가

반갑게
인사하며
한곳에 합쳐져서

고인 물
맑게 만들어
산사의 봄 비춘다

제3부

임이 오시는 길

꽃샘추위

꽃망울 터트리며
심술 난 겨울바람

찬 입김 내뿜으니
놀래서 입 다물고

성급한
봄 마중 몸짓
서둘러서 거둔다

바람

자아를 지킨다고
자존심 붙들면서

구속에 얽매이니.
답답해 괴롭다가

허울을
벗어버리니
날아가고 싶어라

생각은 넓고 깊게
마음은 자유롭게

한 줄기 바람처럼
스치는 시절 인연

무상한 세상 이치에
감정 속지 말게나

개망초

어디서 날아왔나
군락 이룬 개망초

원주인 몰아내고
영역 넓혀 꽃 피운다

풀인 듯 풀이 아닌 듯
꽃이 피니 꽃인가

개망초 향기 품고
화사한 흰 꽃 피워

벌 나비 드나들어
금계국 내어 쫓고

천변에 흰색 물결이
출렁대며 판친다

산딸기

때 되면 나타나는
산딸기 어여쁘다

호젓한 숲길에서
빨갛게 익어가며

유혹의 눈빛 보내니
하나 따서 먹었다

시큼한 과즙 터져
입안에 가득하니

뱉지도 씹지 못해
머물고 있다 보니

단맛도 느껴지는 게
인생의 맛 같아라

이별의 고통

수없이
헤어지려
마음을 접고 풀고

집착을
하게 되니
번민만 쌓여가고

무거운
짐 거머잡고
오도카니 앉았다

말없이
떠나버린
그대가 야속해서

눈물로
수많은 밤
지새며 고통받고

이별의
아픔 겪고서
그를 떠나 보낸다

그냥 이대로

한순간 마음 내주고
사랑한 사람 그대여

말없이 몸짓으로
믿음 줬던 그 사람

아무런 이유도 없이
사랑하게 되었네

그대여 그냥 이대로
변하지 말고 삽시다

세상이 혼란해도
우리 마음 지키며

사랑을 지켜나가면
행복할 수 있겠지

나는 지금 어디에

푸름이 짙은 숲속
우거진 잡초 무성

어둠마저 내려와
마음은 심란하네

모기가 침놓고 가니
나는 지금 어디에

아련한 추억마다
과거는 아름답다

허망한 세월 속에
잊혀간 시간 찾아

지금은 곧바로 실천
방향감각 찾겠지

찔레꽃

울타리 몸 기대어
은은한 향기 품어

흰 꽃을 피우면서
날 보라 유혹하나

보고픈 친구들 모습
소식 없어 그립다

온종일 기다려도
그림자 볼 수 없고

애타는 내 맘같이
찔레꽃 풀이 죽어

꽃잎을
떨궈내면서
향기 같이 눕는다

오리가족 탄생

초록빛 고루 비춰
개울 물 풀어지고

짝짓던 오리들도
부화한 새끼 달고

유유히
헤엄치면서
한 일가를 이뤘다

수초들 너울너울
바람에 흔들리니

새끼들 숨바꼭질
쪼르르 도망가고

아기 탄
어미 오리만
정신없이 뒤쫓네

임이 오시는 길

임 찾아
나섰더니
빗방울 떨어지고

그리움
몰고 오니
마음은 젖어가네

눈물이
맺혀있다가
볼을 타고 흐른다

스스로
꽃이 되어
향기를 내뿜으며

임 오는
길목에서
목 빼고 기다리면

반갑게
만나지려나
애달프다 애달파

이끼꽃

바위에 달라붙어
조금씩 자라나는

귀엽고 앙증맞은
사랑스런 이끼들

흐르는 계곡물에서
춤을 추며 커간다

음영이 짙은 곳에
눈길을 잡아끄는

푸른 꽃 피어 있어
가던 길 멈추고서

마주친 꽃 한 송이가
미소 꽃을 만든다

별 비 눈꽃

밤하늘 반짝이는 별
꿈과 희망을 주었지

부슬비 내릴 때면
마음 먼저 젖었고

황량한 감정의 늪에
쏟아졌던 별과 비

창밖에 쌓여가는 눈
포근해지는 마음 밭

뜨거운 커피 한 잔
김 서린 추억의 꽃

눈 오면 동심 돌아와
눈꽃 되어 서 있지

행복의 빛

새벽녘 수련 잎에
이슬이 맺혀있다

밤사이 다녀가신
임 생각 머금고서

아쉬워 눈물방울이
또르르르 구른다

잉어들 떼를 지어
유유히 헤엄치고

수면에 반짝이는
파문 꽃 피어나니

환희의 행복의 빛이
온 누리에 비춘다

빗속의 왜가리

후드득 떨어지는
빗방울 맞으면서

천변길 걸어가니
노오란 청포 꽃이

물 위에 비친 풍경이
여릿여릿하여라

쑤욱 쑥 자란 억새
천변을 점령하고

왜가리 깃털 젖어
가엾게 배회하나

기품을 잃지 않고서
혼자서 걷고 있다

호들갑 떨지 않고
초연히 살고 있어

대중 속 고독보다
철저한 은둔 모습

즐겨라 외로운 여유
닮고 싶은 왜가리

참 나는 누구

한때는 좋아했던 것
무덤덤해져 버리고

감정은 끊임없이
하루에도 변한다

사랑도 익숙해지니
설렌 맘도 없구나

내 눈에 보여지는 것
들려오는 것 참인가

공허한 마음자리
어수선한 망상들

예전의 내 마음도 나
지금 마음도 나인데

순수한 그 시절가고
세월의 때만 한가득

거울에 비춰지는
주름살은 산 역사

참 나는 여태 살아온
내 안의 나 그 모습

낙석

갑자기 두드드둑
돌 떨어져 놀란다

수없는 비바람에
바위들의 반란이

자디잔 돌 조각들은
아우성치더니만

고통의 파편 날려
쌓여가는 돌무덤

세월에 대항하다
무너지고 마는가

균열을 견디지 못해
낙석 되어 버렸다

비요일

기어코
비가 내려
하늘만 바라보며

언제나
그치려나
창문만 열고 닫고

어쩌나
뒤틀린 심사
헛기침을 해댄다

손끝에
빗방울은
차갑게 흘러내려

젖어진 손바닥은
심술 난 비의 횡포

괜스레
마음 저려와
아픔으로 박힌다

풍경소리

시댁의 처마 곳곳
달아 드린 풍경 소리

바람이 부는 날에
땡그랑 소리 울림

백구가 서성대면서
짖어대곤 한다네

혹여나 풍경소리
문 활짝 열어 놓고

아들을 기다리는
시어머님 그리워라

사람은 가고 없어도
추억만은 남았네

연꽃차

연꽃에 온수 담은
향긋한 향기 내음

어여쁜 연꽃 피니
연록빛 차가 되네

한 모금 입에 머금어
지친 영혼 달랜다

차 한 잔 같이 마신
따뜻한 눈빛 가득

갈증 난 몸과 마음
또 한 잔 마셔 보라

눈으로 먼저 마시고
음미하는 연꽃차

인생 계급장

이마에 세월 나이
인생 주름 생기더니

양 눈가 웃을 때에
접어지는 주름살

나이를 속일 수 없네
나이 알게 되더라

세월을 잡지 못해
몸 늙으니 아쉬워

무상함 깨달으니
허허실실 초연하다

주름살 삶의 결정체
그러려니 살련다

제4부

마음의 동굴

능소화 추억

한낮의 강한 햇살
꿋꿋이 버텨내고

주황색 꽃을 피워
사람들 눈길 잡다

해 질 녘 노을빛 취해
떨어지는 능소화

수북이 쌓여가서
꽃 무덤 되어가니

귀 깨진 자바기에
물 채워 담아놓아

다정히 모여 앉아서
눈물방울 흘리네

우산

비요일 축축해진
마음을 부여잡고

비 따라 걸어가니
발걸음 터벅터벅

우산을 미끄럼 타는
빗방울이 정겨워

장대비 쏟아져도
눈 하나 깜짝 않고

인생길 동행하는
동반자 그대여

힘들 때 우산이 되어
의지하며 살았다

나비의 꿈

금계국 꽃잎 위에
사뿐히 내려앉아

달콤한 꿈을 꾸며
입맞춤 하더니만

꽃이 된
나비 한 마리
동양화를 수놓다

비 내리면

후드득 후드드득
창문을 두드리니

세차게 내리치는
빗소리 시끄러워

하늘에 짙게 깔리는
희뿌연 한 먹구름

공기는 축축하니
습기가 따라붙고

삭신은 무거워져
마음도 힘들지만

향긋한 커피 내음에
버무려본 그리움

삶이란

날마다 반복적으로
무의식적인 언행들

어릴 적 배인 습관
평생 동안 함께해

살면서 선택과 결정
망설임이 삶이다

못 견뎌 허우적대다
오뚝이처럼 일어나

어느 날 다가오는
행복함을 느끼며

또다시 내일을 향해
꿈을 꾸며 사는 것

장대비

장대비 세게 맞아
나뭇잎 흐느끼고

덩달아 아파오는
마음이 멍이 들어

한잔의 커피 한 잔에
슬픔 녹여 마신다

아늑한 전등불에
그림자 어른거려

스치는 옛이야기
머물다 사라지니

몽롱한 빗줄기 리듬
꿈이었나 보구나

봉숭아

시댁의 뒷마당에
피었던 봉숭아꽃

빠알간 꽃잎 따다
찧어서 백반 넣고

잎으로 칭칭 동여매
물들였던 손톱들

건들면 터질 듯이
부푼 꿈 열매들이

새들이 쪼아 먹다
떨어져 땅에 안착

가만히 숨어 지내다
새싹 자라 꽃 핀다

아기새

어미새 아기새를
둥지서 잘 키우다

저 푸른 하늘 너머
새로운 꿈을 찾아

더 높이 날아 올라가
살아보라 내쫓다

힘차게 강한 바람
맞서서 이겨내며

폭풍우 몰아쳐도
두려워하지 않고

아기새 엄마새처럼
멋진 삶을 살겠지

가로등 빛

어두움 짙게 내려
까만 길 되어가서

가로등 빛을 따라
천변을 걸어가니

고단한 하루 그림자
졸래졸래 따른다

개천을 비춰주는
따뜻한 가로등 빛

수면에 드리워진
불빛이 아롱진다

별들이 물장구치며
반짝반짝거린다

채송화

뜨락에 나지막이
얼굴 내민 채송화

눈높이 맞추려고
허리 굽혀 앉으니

꽃술에 황금빛 욕망
눈부시게 숨겼다

나 홀로 외로움 타니
한곳 모여 꽃 피고

아무도 꺾지 않아
방긋방긋 웃지요

자기 몫 살아나가는
네 모습이 부럽네

계곡의 눈물

하얀 이 확 드러내며
계곡물 거품 뿜고

분노가 치미는 듯
포효의 성난 몸짓

빗방울 물방울 섞어
격렬하게 흐른다

천둥은 우르르 꽝꽝
번쩍거리는 번갯불

멍 뚫린 하늘에서
쏟아지는 장대비

우산은 자꾸 뒤집혀
몸과 마음 후줄근

비와 나

빗속 길 철벅거려
응어리 슬퍼라

어느새 따라붙은
서러운 흐느낌뿐

빗소리 마음 울리니
떠오르는 임 얼굴

볼 타고 흘러내린
찝질한 눈물 닦다

빗방울 떨어져서
물 범벅된 추억들

쏟아진 비를 가두고
거울이 된 내 마음

마음의 동굴

빛없이 어둠 꽉 찬
동굴에 웅크리니

부유한 온갖 상념
부딪쳐 비워내고

복잡한 마음 가닥을
단순하게 만든다

지나간 시절일랑
얽매여 살지 말고

현재를 즉시 하여
자신을 알았다면

어두운 마음 동굴서
빛을 향해 나와라

해바라기

고개를 쭉 내밀어
태양을 바라보며

가녀린 줄기 끝에
큰 얼굴 매달고서

환하게 미소 지으며
임 마중을 한다네

하늘만 쳐다보다
꽃잎이 시들어서

눈물을 흘리다가
말라서 죽어가나

사랑의 결정체 남은
자랑스런 씨앗들

먼 산

구름이 낮게 흘러
비 오니 답답하다

두 눈을 치켜뜨고
산 찾아 헤맸더니

해님이 방긋 웃으니
산도 같이 웃는다

동트는 새벽녘에
희망을 내려주고

석양이 물들 때쯤
옛 생각 나게 했던

날마다 내 마음 따라
먼 산 되어 있었지

촛불

한 자루 밀랍 양초
심지에 불붙이면

자기 몸 태우면서
촛농을 흘려댄다

밝은 불 지키려 하다
다 타고난 흔적들

어둠을 밝히려고
빛으로 타오르다

바람이 불어와도
꿋꿋이 견뎌내고

세상의 어두움 벗겨
희망의 길 비춘다

이끼 나라

음지 속 자라난 이끼
축축한 곳에 서식해

나무도 올라타고
바위를 점령 하나

향기는 전혀 없어도
푸르름이 정겹다

흐르는 계곡 물결에
흔들어대는 이끼들

송사리 숨바꼭질
왔다 갔다 숨차고

고요한 생명의 환희
여름 공기 마신다

폭염

천변에 피어있는
금계국 시들시들

개망초 꽃잎 말라
폭염에 몸져눕고

갈대가 개천을 덮어
물소리만 들린다

외로운 재두루미
그림자 드리우고

큰 걸음 걷다 말고
긴 목을 내리 뽑고

더위에 지쳐 가는지
저벅저벅 걷는다

강렬한 태양 볕에
양산을 받고서도

등 뒤에 흘러내린
땀방울 젖어가고

폭염 속 칠월 한낮에
화끈거린 종아리

달리는 여름

하루가 또 하루가
바쁘게 달려간다

코로나 델타 변이
집콕만 하게 하니

공연히 짜증 샘솟아
뾰족해진 이 심사

창문을 열어 두자
매미들 합창 소리

옛 추억 불러오니
그리움 넘실넘실

보고픈 친구들 모습
언제 만나 지려나

이 생각 저 생각에
하루를 배웅하고

같은 듯 또 다른 날
희망을 꿈꾸면서

신나게 달리는 여름
허둥지둥 좇는다

옛 임

물안개 피어올라
내 마음 떠다니고

옛 추억 애달파서
눈물이 글썽글썽

빛바랜 사진 속같이
어렴풋한 그 얼굴

머리에 기억되는
이미지 붙잡아서

추억을 소환하니
과거를 걸어오다

살며시 떠올려지는
보고 싶은 옛 임아

제5부

사랑이 오네요

무더운 한낮

바람도 낮잠 자는지
새 푸른빛만 가득해

갈대가 무성하여
물길 흐름 막지만

졸졸졸 재잘거리는
물소리는 경쾌해

모자로 그늘 만들어
땅의 열 기운 식히며

한낮의 무더위에
솟아나는 땀방울

얼굴에 흘러내려도
기분 좋은 여름 낮

내 마음 가는 곳

구름이 흘러가듯
덧없는 세월 가네

추억만 움켜잡고
미련만 남기면서

저만치 과거 속으로
걸어가니 아쉽다

빛났던 시간들을
가슴에 간직하고

구름이 흘러가듯
바람이 불어오듯

내 마음 가는 그대로
이 순간을 살리라

뻐꾸기 우는 밤

호젓한 오솔길 따라
녹음 짙은 숲 걷는데

뻐꾸기 울음소리
처량하게 들려서

괜스레 가슴 아파서
발걸음을 멈췄다

갑자기 사라져버린
뻐꾹 뻐뻐꾹 그 여운

귓가에 맴돌아서
아쉬움에 머물다

어두움 짙게 물드니
모기만이 반긴다

그늘

폭염이 지속되니
마음도 더워져서

흐르는 계곡물에
몸과 맘 담가놓고

햇살에 아롱져있는
그림자를 찾는다

울창한 나뭇잎들
그림자 드리워서

그늘을 만들어서
쉼터가 되어주고

바람이 잠시 머물러
아는 체를 해댄다

매미 허물

더위를 피하려고
숲속을 찾아가니

매미가 꼼작 않고
나무에 붙어있어

숨죽여 가까이 가니
벗어버린 허물들

우화한 매미들이
목청껏 울어대니

파도가 밀려왔다
쓸려서 가는 소리

쓰르르 쓰르르르륵
서늘해진 한순간

맨드라미

닭벼슬 모양으로
꽃피운 맨드라미

화려한 빨간색이
시선을 붙잡는다

그 옛날 시댁 뜨락에
여름이면 피었지

간 사람 볼 수 없고
목소리 못 들으나

올해도 어김없이
꽃피운 맨드라미

추억을 소환시키니
그리움이 샘솟다

폭포

힘차게 우렁차게
일시에 내리꽂아

때리고 또 때려서
시퍼런 물이 되는

콸콸콸 먹먹한 소리
고막 울린 폭포다

시원한 물줄기는
더위를 식혀주고

물보라 저 너머에
무지개 피어나니

암울한 코로나 시절
달려오는 희망 빛

오리가족 피서

폭염에 더위 피해
다리 밑 시원한 곳

헤엄은 잠시 쉬고
생각에 잠겨 있는

고단한 오리가족들
한여름을 껴안다

갈대는 무성하여
푸르름 드리우고

물길을 방해해도
꿋꿋이 흘러가고

오리는 태양 피해서
숨바꼭질 피서를

모깃불

어릴 적 시골 가면
초저녁 달려드는

모기를 쫓기 위해
마른 쑥 불붙이면

매캐한 연기 퍼져서
따끔한 눈 감았지

슬며시 자리 떠나
모깃불 피해 가면

어느새 쫓아와서
모기는 침 쏘고서

바쁘게 도망간 후에
부어오른 흔적들

설악초 추억

시멘트 틈 사이로
하얀 잎 보이더니

바람에 한들거려
눈 맞춤 하고 보니

꽃보다 잎이 화려해
잎에 묻힌 설악초

척박한 환경에서
뿌리를 내리더니

물 한번 주지 않고
내버려 두었어도

예쁘게 꽃을 피웠던
한여름의 설악초

여름 풍경

무더운 한낮 천변
헤엄을 그만두고

그늘을 찾아 나선
오리를 따라가니

길가에 무성해진 풀
정신없이 먹는다

뜨거운 도로 위를
귀엽게 아장아장

발바닥 뜨거운지
빠르게 걸어가다

무리는 앞을 다투어
쏜살같이 물 뜬다

내 마음의 별

눈부신 대낮에도
별들은 떠 있지만

어두움 내려올 때
비로소 볼 수 있지

마음에 늘 떠 있는 별
의지하며 살았지

코로나 장기화로
일상이 깨어지고

폭염은 괴롭혀도
희망을 만들어서

스스로 모든 힘 모아
반짝이는 별 되리

태양은 가득히

찌는 듯 더운 하루
짜증은 솟아올라

가득 찬 마음 습기
땀방울 괴롭힌다

피폐한 넋의 끄나풀
어수선한 상념들

찬란한 태양 빛이
가득한 거리 나와

복잡한 망상들을
떨구며 걸어가니

뜨거운 대지 열 기운
발바닥에 닿는다

도라지꽃

언덕 위 청기와 집
솔바람 부는 곳에

척박한 돌 틈 사이
해마다 돋아나는

보라색 도라지꽃은
소박하게 피었네

한낮은 햇볕 피해
꽃잎을 오므리고

구근은 옹골지게
도라지 만들었던

그곳에 올여름에도
임은 가도 피겠지

푸른 달개비꽃

바람에 나부끼는
초록빛 푸른 나비

지친 숨 몰아쉬며
날개를 접었어라

줄기를 꽉 부여잡으며
꽃잎 접은 달개비꽃

얼마나 사무치면
파랗게 멍들었나

뜨거운 영혼 담긴
파리한 달개비꽃

훨훨훨 날고 싶어서
나비 모양 만든다

검은 나비

더위에 지쳤는가
물가를 찾아왔네

날기도 힘 드는지
그늘에 쉬었다가

힘겨운 날갯짓 하며
검은 나비 떠돈다

아침에 부음 소식
혼령이 떠도는가

못다 한 할 말 있나
주위를 펄럭대다

말없이 사라져 버린
가여운 넋 잘 가라

홀로 핀 연꽃

초록색 넘실거려
터 잡은 작은 연못

홀로 핀 하얀 연꽃
눈물 맺혀 떨구다

소나기 지나간 자리
촉촉함만 남았다

고요한 적막 속에
고귀한 자태로다

세파에 본래 모습
피어난 아름다움

진흙에 홀로 핀 연꽃
수려한 빛 뿌린다

사랑이 오네요

멀리서 툭 떨어진
그리움 사랑 몰고
파아란 하늘 위에
수놓은 저 구름아
모였다 흩어지더니
사랑 심장 만들다

수줍어 말 못 하고
가슴은 타들어가
깊숙이 가둬둔 말
갑자기 고삐 풀다
허공에 울려 퍼지네
한달음에 사랑이

고추잠자리

빨갛게 익어가는
고추밭 언저리를

잠자리 소풍 나와
빙빙빙 돌고 있다

한낮의 눈부신 빛에
루비같은 고추들

홀린 듯 내려앉아
입맞춤 시도하다

매운맛 움찔하며
서둘러 날아올라

여름이 잘 익어가니
잠자리도 신난다

코스모스

드높은 푸른 하늘
구름은 흘러가고

바람에 한들대는
가냘픈 코스모스

청초한 여인네 같은
모습으로 피었네

고개를 까닥여서
가까이 다가가니

반가움 표현하며
꽃잎에 추억 새긴

어여쁜 코스모스들
흔들리며 서 있다

물아일체의 삶에서 찾은 시인의 사명

– 고정숙 시조집 「지나고 보니 삶이어라」

최 봉 희(시조시인, 평론가, 글벗 편집주간)

"문학인의 사명, 시인으로서의 사명은 도대체 무엇일까?"
고정숙의 시조집 『지나고 보니 삶이어라』를 읽고 깨달은 화두이자 필자의 생각이다. 왜냐하면 고정숙 시인은 문학인으로서 자신의 사명을 실천하고자 노력하는 헌신적인 시인이기 때문이다.

고정숙 시인은 2016년에 《국제문단》에서 시 부문에 등단하여 2017년 국제문단 작가상, 2021년에는 한국문학 다향 발전상, 2022년에는 열린문학 작가상을 수상한 바 있다. 아울러 2020년 6월에 개인 첫 시집 『매일 피는 꽃』을 발간한 바 있다. 2021년에 글벗문학회 회원으로 가입하여 매일 한 작품의 시조를 창작하는 등 활발한 활동을 전개하고 있다.

이에 필자는 시인의 사명을 세 가지로 나누어 생각해 보고자 한다.

첫째, 시인은 시대 정신을 진단하고 치유해야 한다.

시인이 시대의 아픔을 직시하고 외면하지 말아야 한다. 왜냐하면 시대와 맞서서 상처받은 영혼을 위로하는 시인이야말로 건강한 시인이고 건강한 사회를 만들기 때문이다.

이러한 점에서 시인은 모방론적 관점과 효용론적 관점에서 문학 작품을 쓰게 된다. 그 때문에 문학인은 변하는 사회와 자연 속에서 사유하며 하찮은 존재에서도 삶의 의미를 발견할 수 있어야 한다.

흐르는 시냇물에
뿌리를 깊게 내려

스스로 때가 되면
창포꽃 미소 짓고

물 위에
고단한 몸을
얹으면서 피었다
– 시조 「창포」 전문

시조 「창포」에서 보듯 시인은 자연 속에서 물아일체의 삶으로 자연과 더불어 사는 삶의 모습을 표출한다. 세월의 흐름 속에서 창포꽃은 피어난다. 더불어 고단하고 힘겨운 삶 속에서도 꽃은 피는 것이다. 시인은 삶의 아픔을 노래한다. 그리고 이를 극복하고자 하는 삶의 자세를 자연에서 발견하고 표출한다. 이것이 바로 시인의 사명이 아닐까?

수없이 헤어지려
마음을 접고 풀고

집착을 하게 되니
번민만 쌓여가고

무거운 짐 거머잡고
오도카니 앉았다

말없이 떠나버린
그대가 야속해서

눈물로 수많은 밤
지새며 고통받고

이별의 아픔 겪고서
그를 떠나 보낸다
– 시조 「이별의 고통」 전문

　인생의 삶은 이별의 고통이 따른다. 어쩔 수 없는 슬픔이
지만 숨김없이 자신의 정서를 표출한다.
　시인은 남다른 관찰력이 있어야 한다. 그런 후 깊은 교감
이 이루어져야 한다. 여기서 문학적 기교까지 덧붙인다면
더할 나위 없다. 시인은 이별의 아픔을 겪으면서 아직도
그리움에 젖어있다.
　둘째는 자아 및 생명과 자연에 대한 깊이 있는 사유와 성
찰이다. 고정숙의 시조 쓰기의 본질은 창작의 영감을 자연

으로부터 받은 데 있다고 본다. 물론 자연 사물에서 문학의 근원을 발견하려는 태도는 시인만의 생각은 아니다. 천기(天機), 또는 물아일체(物我一體)는 선조들의 자연관에서도 쉽게 떠올릴 수 있다. 기본적으로 자연과 문학은 친연성(親緣性)을 강조한다. 강호가도(江湖歌道)를 노래하는 수많은 시조는 자연의 아름다움을 찬미하고 자연을 가까이 하자고 말한다. 이처럼 인간의 도덕을 드러내고 내면을 이야기하는 도구로 지금껏 활용해 왔다.

고정숙 시인도 마찬가지다. 자연과 인간의 질서, 자연과 사회의 조화를 말할 때마다 시조로 이야기하려고 한다.

어미새 아기새를
둥지서 잘 키우다

저 푸른 하늘 너머
새로운 꿈을 찾아

더 높이 날아 올라가
살아보라 내쫓다

힘차게 강한 바람
맞서서 이겨내며

폭풍우 몰아쳐도
두려워하지 않고

아기새 엄마새처럼
멋진 삶을 살겠지
– 시조 「아기새」 전문

시조 「아기새」를 통해서 자녀교육에 대한 부모의 마음을
진솔하게 표현한다. 평범하지만 부모의 소망을 담은 시조
다. 자녀를 분가시키는 마음을 내쫓는 부모의 마음으로 표
현하면서 강한 바람을 이겨내는 삶을 살기를 소망한다.

장대비 세게 맞아
나뭇잎 흐느끼고

덩달아 아파오는
마음이 멍이 들어

한잔의 커피 한 잔에
슬픔 녹여 마신다

아늑한 전등불에
그림자 어른거려

스치는 옛이야기
머물다 사라지니

몽롱한 빗줄기 리듬

꿈이었나 보구나
- 시조 「장대비」 전문

장대비를 맞는 날, 그 아픔을 커피 한잔에 녹여 마신다고
말한다. 아울러 지난날 추억의 꿈도 꾼다. 살아가는 자체가
시련이고 아픔이다. 허무감은 어쩌지 못할 운명이 아니던
가. 장대비를 맞으며 살아가는 우리들의 모습이 위에 클로
즈업되고 있다. 커피 한 잔에 슬픔을 녹이면서 살아가려
해도 내가 꿈꾸는 세상은 몽롱한 꿈일 수밖에 없음을 제시
하고 있다.

물방울 품고 있는
봄꽃에 아롱다롱

어울진 그 임 모습
서글픈 미소 짓네

보고파
애절한 심사
젖어가는 그리움
- 시조 「물방울꽃 1」 전문

아울러 물방울꽃을 보고 임을 떠올리면서 그리움에 젖어
가는 모습 또한 물아일체의 경지다. 자연과 인간이 하나
되는 경지다. 곧 물방울꽃에 어리는 임의 모습, 미소짓는

그 모습에서 임을 찾고 연모하면서 그리워 하는 것이다. 바로 물아일체의 극치가 아니겠는가?

셋째, 시인에게는 삶의 세계를 꿰뚫어 보는 분석의 눈이 필요하다. 현대 시조는 감각, 상상력, 영감, 문체, 이런 것들에 대한 가치를 더 소중하게 일깨워가야 한다. 이런 요소들은 시조가 지녀야 할 핵심 요소이기 때문이다. 다양한 사유와 상상력으로 이루어진 독창적 작품이 눈에 띄게 마련이다. 고정숙 시인은 자연 속에서 삶을 발견하고 삶 속에서 그리움을 만나는 것이다.

자주색 꽃잎 안에
순백의 마음 담고

화려한 의상 안에
속치마 받쳐 입듯

은밀한
사랑 감추고
고혹 미소 흘린다

눈길을 잡아끄는
자목련 슬픈 표정

애타게 고대하는
외로운 아픈 사랑

피멍 든

꽃잎 꽃잎에
서러움이 어린다
- 시조 「자목련의 사랑」 전문

 자목련이라는 객관적 상관물을 통하여 모든 꽃에는 피멍
든 아픔과 서러움이 숨어있다는 내용을 담고 있다. 중장에
서 '화려한 의상 안에 속치마 받쳐 입듯' 은밀한 사랑을 감
추고 고혹한 미소를 흘린다고 했다. 많은 것을 생각하게
하는 좋은 작품이다. 자목련을 통해서 인생을 꿰뚫어 보고
아픈 사랑을 찾아낸다. 사물과 한 몸이 되어 한 편의 빛나
는 시가 탄생한 것이다.

꽁꽁 언
땅을 뚫고
꿋꿋이 살아남아

보고픈
임 생각에
바람에 나부끼며

그리워
애태우다가
멍든 영혼 꽃 피다

사랑이
타오르니
언 땅도 질퍽하고

얼굴을

할퀴고 간
강풍도 견뎌내고

한번은
만나지려나
기도하며 꽃 핀다
– 시조 「바람꽃」 전문

　시조「바람꽃」에서도 임을 향한 그리움과 만남을 꿈꾸
는 기도가 꽃으로 피어난다. 내가 바람꽃이 되어 임을 기
다리고 그리움으로 영혼의 꽃이 피는 것이다. 사랑이 타오
르니 언 땅도 녹고 강풍도 견뎌내는 것이다. 시인의 소망
은 바람꽃처럼 임을 기다리면서 오늘도 기도한다.
　넷째, 시인에게는 끊임없는 실험정신이 필요하다. 시조는
정형시로서 단시조가 시조의 본령이다. 시조를 통하여 시
의 구성미와 간결미, 응축력을 습득하고 난 뒤 자유시를
쓰면 좋은 작품을 만들 수 있지 않을까? 생각해 본다.
　시조는 우리 민족의 정서에 어울리는 운율을 갖고 있다
　현대 시조는 주로 3장 6구 12절 형식을 그대로 따르되 3
장으로 끝나는 것보다는 연시조 형식을 애호한다. 옛시조
의 문자적 표기 방법은 장에 따라 3행 또는 3부분으로 구
별하는 것이었는데 현대 시조는 각 장의 구를 구별하여 6
행으로 표기하는 경향이 있다. 이는 장 단위의 전개보다
구 단위의 전개를 강조한 것이다. "눈으로 보는 시"의 시대
인 오늘날에 있어서 그것은 시각적 호소력을 높이는 방편

이다. 시조의 1행은 운율의 한 단위를 암시하는 경향이 강하므로 6행 시조의 자연스러운 리듬의 단위는 구가 되기 쉽다. 이런 배열법, 즉 6구의 시조 형식이 현대시조의 대표적인 방법이다. 행의 배열법, 따라서 운율의 미세한 배열은 그 밖에도 여러 가지로 실험되고 있다. 그중 가장 많이 볼 수 있는 것이 종장을 3행으로 배열, 초장, 중장과 다른 리듬의 묘미를 획득하려는 시도이다. 이 기본리듬은 언어학자들의 용어를 빌리자면 한국 시의 리듬의 "심층 구조"를 이루고 있다.

고정숙 시인은 시조의 다양한 배열을 통해서 나름대로 새로운 실험을 하고 있다. 그 배움과 도전에 박수를 보낸다.

석양에 외로이 서서
노을빛 물들어가는

흰 몸집 애처롭게
어른거린 그림자

하루를 마감하면서
날아오른 백로야

오리들 무리 속에서
기죽지 않고 당당히

물고기 잡아먹고
기품있게 걷다가

갈대에 가끔 기대어
고단함을 달랜다
– 시조 「백로」 전문

 노년을 살아가는 자신의 인생에 대한 자아 성찰과 깊이
있는 사유는 작품의 수준을 올리는데 한몫하고 있다. 이
작품의 구조는 노년의 삶의 당당함과 기품 있는 멋으로 되
어 있다.
첫째 수는 하루의 당당한 삶의 모습을 그리고, 둘째 수는
삶의 고뇌 속에서 휴식 있는 삶으로 구성되어 있다. 독자
의 폭넓은 공감을 불러내고 있다. 짧은 호흡 속에서 삶의
의미를 재조명한다. 치열하게 살아왔지만 희미한 흔적, 앞
만 보고 살아온 우리들의 모습이 아닐까?

긴 시간 길들어진
습관 된 생활들이

코로나 습격으로
하나둘 깨어지고

오롯이
혼자 견디는
그리움이 빛 된다

뻐꾸기 슬피 우니

괜스레 울컥하고

여름이 되어가도
마스크 벗지 못해

고독한
마음의 행로
추억 길을 헤맨다
- 시조 「빛이 된 그리움」 전문

 코로나로 인한 팬데믹 상황에서 그리움이 진하게 배어있는 부분이다. 오롯이 혼자 견디어내야 하는 아픔 속에서 그리움을 표현한다. "추억의 길을 헤맨다."에서 이미지의 선명성을 드러내고 있다. 생각을 확장 동원하여 그리움의 이미지 표현에 성공한 작품이다.
 지금껏 고정숙 시인의 시조 100여 편의 작품을 정독했다. 그의 시조에 나타난 시조의 맛과 멋은 바로 물아일체의 삶에서 빚어낸 시심이라고 말하고 싶다.

들꽃은 앙증맞아
군락이 이뤄지면

예쁘게 어우러져
꽃구경하러 오죠

꺾으면

금방 시들어
눈으로만 보지요

들꽃과 경계 없이
자라난 잡초들은

다정히 공생하여
더불어 살아가니

들꽃과
하나 된 잡초
자연스레 꽃 피죠
— 시조 「들꽃 속 잡초」 전문

　시인은 자신을 들꽃 속의 잡초로 표현한다. 다른 꽃들과 다정하게 공생하면서 더불어 살아가는 존재다. 모습은 다르지만 '들꽃'이라는 이웃과 하나가 되는 '잡초'는 마침내 꽃을 피우게 된다. 다시 말해서 자연 속의 미미한 존재이나 빛을 내는 존재로 성장하는 것이다.

비가 온 계곡에는
물들이 가득 차고

콸콸 콸 물소리는
심장을 뛰게 하며

세차게

내려오다가
숨 고르며 고인다

거품이 떨어지니
욕심도 떠나가고

산사는 물소리로
가득 차 소란하나

꽃피는
마음의 정원
잡초마저 예쁘다
- 시조 「산사의 물소리」 전문

산사에 물소리에 푹 빠져든 시인의 시심이 빛난다. 시원
한 물소리에 심장이 뛰고 힘차게 살아온 삶 속에서 숨 고
르는 쉼도 있다. 산사에 물소리에 취하다 보니 욕심도 사
라진다. 마침내 그 물소리는 잡초는 꽃을 피운다. 그것도
마음의 정원에 시라는 꽃을 피우는 것이다. 그 모습이 참
으로 아름답다.

꽃 이름 알기 전까지
지칭개인지 몰랐다

수없이 피고 져도
잡초같이 보인다

보라꽃 시들고 나면

포자 되어 떠돈다

꽃잎은 따다 덖어서
그늘에 말려 두었다가

꽃차로 해독 해열
필요할 때 마신다

자연과 하나가 되는
삶의 지혜 배운다
  - 시조 「지칭개꽃」전문

　잡초의 꽃 이름을 알 리는 없다. 우연히 그 이름을 알게
되고 그의 효능을 알아가면서 자연과 하나가 되는 물아일
체의 삶, 더불어 사는 인생을 배워가는 것이다.

새벽녘 수련 잎에
이슬이 맺혀있다

밤사이 다녀가신
임 생각 머금고서

아쉬워 눈물방울이
또르르르 구른다

잉어들 떼를 지어
유유히 헤엄치고

수면에 반짝이는
파문 꽃 피어나니

환희의 행복의 빛이
온 누리에 비춘다
– 시조 「행복의 빛」 전문

 어차피 인생은 만남과 헤어짐의 연속이다. 삶을 어떻게
바라보느냐에 따라서 그 삶의 모습은 각기 다르다. 결국은
시인은 긍정의 눈으로 행복을 바라봐야 하지 않을까?
 이제 100세 시대가 빠른 속도로 우리에게 다가오고 있다.
우리 문학인들은 '이 시대를 맞아 무엇을 할 것인가?'라는
화두를 던지고 싶다. 좋은 작품을 위하여 자신을 가꾼다면
시대에 앞서가는 선두주자가 될 것이 분명하다. 따라서 계
속적인 독서와 탐구를 통해서 자신을 깨닫고 세상을 아는
것이 무엇보다 중요하다.
 문학인은 작품을 통해 삶의 방향을 제시한다. 작품 속에
는 인간미 넘치는 따뜻한 정이 깃들어 있어야 한다. 끊임
없는 창작을 통해 문학인의 잠재적 열정과 미를 마음껏 발
휘해야 한다. 존재론적 자아 성찰로 한 편의 작품이 대중
의 가슴에 닿아 오래도록 전해진다면 이 또한 보람된 일이
아닌가?
 마지막 남은 삶의 끝자락에서 별빛처럼 영롱한 시로 창작
의 기쁨을 만끽하길 기대한다.

끝으로 고정숙 시인의 시조 「나는 지금 어디에」를 감상하면서 글을 마무리하고자 한다. 깨닫는 삶, 아는 것으로 끝나지 말고 실천하는 삶이 아름답기 때문이다.

푸름이 짙은 숲속
우거진 잡초 무성

어둠마저 내려와
마음은 심란하다

모기가 침놓고 가니
나는 지금 어디에

아련한 추억마다
과거는 아름답다

허망한 세월 속에
잊혀간 시간 찾아

지금은 곧바로 실천
방향감각 찾겠지
― 시조 「나는 지금 어디에」 전문

다시 한번 고정숙 시인의 시조집 출간을 축하하면서 그의 시조 사랑의 열정과 헌신에 찬사를 보낸다. 아울러 건승과 건강을 기원한다.

■ 글벗시선 203 고정숙 시조집

지나고 보니 삶이어라

인 쇄 일 2023년 10월 14일
발 행 일 2023년 10월 14일
지 은 이 고 정 숙
펴 낸 이 한 주 희
펴 낸 곳 도서출판 글벗
출판등록 2007. 10. 29(제406-2007-100호)
주   소 경기도 파주시 와석순환로 16,(야당동)
        롯데캐슬파크타운 905동 1104호
홈페이지 http://guelbut.co.kr
E-mail juhee6305@hanmail.net
전화번호 031-957-1461
팩   스 031-957-7319
가   격 12,000원
I S B N 978-89-6533-264-0 04810